달이 눈을 감고
해가 눈을 뜰 때까지

달이 눈을 감고
해가 눈을 뜰 때까지

최재호

김하나

장이경

한상우

차 례

24시 마음 상점   35
김하나

낙서   69

한상우

일상에서 이상으로

최재호

최재호　　1974년 생. 음악을 사랑하는 5분쉼표 7기

IT 세일즈 20년, 現 메타버스플랫폼 매니저

과도기(過渡期)인생 전문가, 넥타이를 싫어하는 사무직 노동자.

책과 펜과 노트와 잉크를 사랑하는 아날로그 덕후이자

말보단 글을 좋아하는 작가지망생 털보 아저씨.

블로그: https://blog.naver.com/soju7494

이메일: soju7494@gmail.com

日常 (태엽2.)

덩그러니 집 한 켠 옷장에 담배 냄새 풍긴다며
옷걸이에 걸려 있던 무거운 양복이
아내의 섬유유연제 한 바가지 세례를 받았다.
천대인지 환대인지…

새벽 옷 입는 시간마저 애 마르다.
한 번 더 입으려고 벨트째 걸린 구겨진 양복바지와
머리 둘레만큼 풀다 만 넥타이 매듭이
알맹이 없이 옷걸이에 목을 메었다.

아침부터 어깨에 걸려
늦은 오후까지 자리를 지킬
무딘 갑옷의 쇠 가슴판이 되었다.

퇴근길에는, 축축이 식어버린 땀 젖은 등
까끌한 모포가 되어 제발 포근했으면

한 숨 숨겨 내뿜는 담배연기
묵직한 잿빛 화약 냄새 절어
아무리 밝은 색 실을 써도 태 안나는 양복은

오늘하루 인생 승차권.

받은 만큼 토하고
정거장에 섰다.

비켜라
종유석 같은 바지 세워놓고
오늘은 쉬워야겠다.

횡단보도

하얀 쓰임새는 인도의 손짓.

빼곡한 무늬대로 따라오면
고집대로 내딛는 고난의 길이라도
검은 차는 피할 수 있으니 다행이다.

하지만 머무르지는 말아다오.

머리 숙여 잔뜩 움츠린 가슴이
행여 발 빠져 호흡이 엉키지 않게
촘촘한 하얀 간격은 안도의 한 숨.

하지만 땅만 보지는 말아다오.

까만 곰보 응어리진 타르 바닥에
다시 또 지옥 불붙지 않게
졸인 마음 등에 업고 열십자 주검 자국을 지울 테니

길 돌아가지는 말아다오.

흙먼지에 바람이 굴러
잎새가 부스러진 검은 호수 위 흩트려
부르튼 하얀 입술을 발에 포개

절대로 이 행렬을 포기하지 않을 테니

길 걷는 이가 지옥과 싸워
유황냄새 품은 하얀 선善이라는 것을
홍등 너머에서 알아주기만 해 다오.

실소(失笑)

투 샷 커피가 우습다.
벙어리장갑이 우습다.
한지에 쓴 연서가 우습다.
시원한 소나기가 우습다.
비 갠 낮은 하늘이 우습다.
찬란한 새벽 첫 햇살이 우습다.
10년 꼬박 쓴 일기장이 우습다.
털 많은 2인용 소파가 우습다.
돌담길 돌면 스며드는 전설이 우습다.
미지근한 소주가 우습다.

입김 서린 고백이 우습다.
고백에 이슬 맺힌 꽃 봉오리가 우습다.
닻 내린 마음이 우스워
갈 곳 묶인 긴 그리움도 우습겠지.

시간이 우스워
우수수 모두
우습다.

돋보기

코 끝에 걸친 볼록 안경 들어 올려
빗겨 올라가는 시야에 맞춰 작은 얘기가 금세 커다래졌다.

어느 때부터 인가?
글 모양새 쪼그라들고 물때 끼어 흐릿해서
미쳐 보지 못한 코 앞에 아름다운 것들이
이제야 제 모습으로 또렷해졌구나

다문 눈과 감긴 입술이 허공에 떠 있던 게
적은 관심과 텅 빈 무성의의 결과였겠구나

뒤늦게 들여다보게 된 마뜩잖은 세상을
돋보기로 제대로 볼 수 있다는 것은 어리석은 대안.

내가 바르지 않고는
보여도 그대로 보기 힘들겠구나.
가슴에 볼록한 유리알 두 짝 필요하겠구나.

평양냉면

육수는 화선지
메밀 면발은 세필 붓
고명은 주인장의 낙관
수묵화를 시원하게 들이켜니

허기는 진작에 면해 배가 훈훈하고
마음은 시원하여 묵은 체증이 풀려
손끝은 고기 온수로 따뜻하니
술친구 삼아 속 풀고 싶은 이에게
채운 듯 못 채운 얄궂은 여운이 또 있을까?

남해 선산

남도의 섬. 아버지 고향.
군도가 희미하게 아직 꿈속 같다.
상주 바다는 한 층 더 뜨거운 추억이 되었다.

뜨겁고 습하다.
남해 하절만 주셨구나.
추슬러야 할 고향 선산
할배 할매 묘가 손자 손 아래 있다지만
억새풀 독충 하나 제하기 힘들게 하시구서는
정작 아버지는 분당에 계시다.

온통 초록이 가득한 바람아
논두렁 물 대는 물둑 타고 고개 넘어 시원하게 불어라.
아버지 생전 아들 같이 안 데려와서
낫질 서툴러 덥수룩해 있으리라 걱정하실라

퍼뜩 가냐고 바람에 되물어
하모 하고 아들이 아버지의 안부를 전한다.

아버지 앗아간 도시에는 없는 바람 한 줌

철마다 가지러 오겠십니더,

할배요 할매요.

유전

아들입니다.
아버지 닮은 무뚝뚝한 장남입니다.
닮아서 오히려 밀어낸 사이
선을 그어 넘지 못하는 세상으로 가시고서야 돌아섭니다.

거울을 봅니다.
닮기 싫은 아버지의 얼굴이 내게 담겨 있습니다.
시간이 갈수록 한 획 두 획 옅은 수묵화 같은 얼굴 그림자
위에서 밑으로 바깥에서 가운데로
아버지로 드리워졌습니다.

다리를 봅니다.
입대전 주물러 흠칫 놀라게 한 앙상한 할아버지 다리처럼
서둘러 가셔서 뒤늦게 부여잡은 아버지 축축한 다리도
미운 병마가 쥐고 간 앙상한 다리였습니다.

아들을 봅니다.
잠시도 가만히 있지 않는 게
저를 닮았다는 어머니 말씀에 이마를 쓸어 눈을 봅니다.
눈에 비친 날 닮아 원망하면 어쩌나 마음이 고생을 합니다.

아버지입니다.

아들에게 닮지는 말라면서 얼굴 보면 흐뭇한 저도

아버지입니다.

새삼 알게 된 내리사랑은 바쁘고,

가시고 나서 소용없는 치사랑이 늦어서,

닮아진 게 먹먹합니다.

Letter Love

동아리방은 여울목.

　공강에 모이고, 공간에 모여서, 마음이 모이니 글자들이 고스란히 여기에 담겼습니다. 링 두른 볼품없는 연습장으로 분해 갱지에 얘기 새겨 넣느라 꾸깃해집니다. 말이 얘기지 오목만 두고 간 사람도 있고요, 컵라면 국물 흘려서 민폐 끼친 허기진 학생도 있어요. 샤프는 번지고, 볼펜은 찌꺼기를 남기고, 만년필은 제 살갗을 뚫지만, 누군가의 노래 가사가 되고, 부치지 못한 편지도 되고요, 필체가 다른 두 사람이 장난기 부려 다툼도 되지요. 이제 막 머릿속에서 끄집어낸 그림도 있습니다. 하루가 멀다 않고 나를 찾으니 앞자락으로 이야기 실어 보내고 뒷자락 누런 낱장 얼마 남지 않았습니다. 빈 곳이 아름다운 책이 되고픈 작은 소망은 한 권에 적힌 유일한 연인의 실마리가 되는 것. 침 닿아 해질까 손끝으로 조심스럽게 넘기는 만인의 편지. 볼펜으로 끄어서 숨겨놓은 이름의 주인공이 오늘 밤 찾아올지 모르니…

책장에 꽂아 두지 마시고
잘 보이는 책상 위에 놓아주시길…

아내

뒷모습이 눈에 걸렸다.
부디 얼굴은 평범하시길 기도 했건만…

홍차 담긴 본차이나 찻잔에 그려진 게
장미 넝쿨이던가 어지러이 급하게 마음에 담았더니
가슴은 눈보다 한참 더 설렜다.

미친 바다보다 푹신한 안락의자가 좋은
뒷심 잃은 뱃사람 앞에 나타나더니
뱃머리를 돌려, 뭍이 아니라 바다로 향하게
당신은 배를 타야지 안락의자에서 배를 키우면 안 돼요…
한다.

안에만 있어서 아내인가?
안에서 내 속옷과 애 옷을 개키고
바닥 숨은 먼지 찾아내는 달인으로
웃고, 울고 딱 거기만 있는 게 미안하다.

밖이라면 어디 로라도 날아갈 수 있는 종달새처럼
나 아니면 작은 깃 여며 하늘로 향해 발 동동 굴러서

햇빛에 눈부신 빙그레 미소만 보일 말괄량이 소녀인데.

내 안의 아내는

사랑의 횡포이고, 같이 지낸 시간의 관성이라며
붙잡아 두고 싶은 못난 바깥사람의 조용한 여인이다.

강남 전설

강남은 숲이다.
숲에 서려 있는 전설처럼
기분도 좋고 마음도 좋은 피톤치드 뿜으니
술 공기가 그윽하다.

노란색 간판에 뜨슨 먼지가 반짝거리며 감도는 저녁,
쟁여 놓은 뿌연 근심 갈라서 잔을 채워 입술을 적시면
그르륵 눈살 찌푸린 긴 속눈썹 고양이처럼 입고리만 올려
웃는다.

부었으니 남김없이 비우고, 웃어라 속상해한들 일이 풀리
더냐?
오늘 하루 생채기 난 피를 훔쳐 계란말이에 발라라.
덥석 베어 물어 허한 속을 채워라.
우물우물 씹고 맑은 눈물 삼켜 치유로 삼아라.
오드아이 고양이에게 혼 뺏기지 말고
턱수염 덥수룩한 친구, 시름 많은 얼굴을 부벼주어라.

강남은 숲이다.
숲에 서려 있는 전설이 하나 더…

기분도 좋고 마음도 좋은 피톤치드 뿜으니
술 공기가 그윽하다.

理想

연못에 떠다니는 연꽃이 부럽다.
찰랑한 물 위에 물방개 친구들 놀이터나 되어주며
행복한 생각 뿌리에 채워 연근이 된다지

자갈에 파묻힌 몸이 서글퍼 몇 단이고 쌓아도 초라하다.
후 불면 날아가는 먼지 마신 습기는 내 양식
뺏기면 죽으니 너른 잎이 가시가 된 게 내 탓은 아니다.

한껏 물에서 노는 너처럼 되지 못하니
이름이라도 나에게 허락하면 안 되는 것이냐
마른땅에 버티고 섰으니 푸르른 너를 꿈꿀 수 있게
이름이라도 이뻐서 한 번 쳐다라도 봐주면 안 되는 것이냐

생의 푸대접에 가시 솟은 선인장
보다 못해 귀띔해 주었다.

네 꽃이 연꽃보다 어여쁘다.

시작 노트 ─✳

  시작노트 쓰기가 난처하다. 설명하자니 맛이 나지 않을 거 같아서다. 뭉툭한 글밥을 읽다가 가슴 한편에 따뜻한 단어 하나쯤 발견하게 되는 희열을 느꼈으면 하는 바람이다. 일상에서 발견하는 소소한 행복이 이상으로 가는 길목이 어디인지 가르쳐 주는 이정표라고 말하고 싶다. 일상이 이상이 되면 이는 곧 '나아감'이다. 그래서 힘이 된다. 그게 가능하게 하는 게 詩라는 걸, 길 곱게 가는 사람들 멈춰 세워 일일이 말해주고 싶다.

  시는 내게 선택지가 없어 어쩔 수 없이 갖게 된 초능력일지도 모른다. 반 백 살 앞두고 이제는 한번 보고는 알아보기 힘들고, 한번 듣고는 무슨 말이었는지도 정확히 기억해내기 힘들다. 세월이 선사해준 이 건망증은 3초 전의 생각이 저만치 3분만큼 줄달음쳐 도망가니 멍하니 머리 긁적, 순간 바보로 만든다. 하지만 시를 쓰는 사람에게는 오히려 좋다. 매번 흐름이 바뀌고 느낌이 바뀌고, 방금 했던 말의 숨은 뜻을 까먹으면 다시 뜨거운 새 심상이 떠오르니 초능력이 생긴 셈이다. 아직은 통제 불능이어서 과할 수 있지만 불의 마법이다. 그러니 쓰고 또 쓰고, 예전엔 하나였던 색깔이 여러 개의 빛깔이 되고, 발견하였었던 걸 또 발견했다고 좋아하니 저 바보 같은 건망증 어떡하냐고 흉볼까 걱정

이다. 부디 그리운 것에 한해서는 이 건망증을 용서해주기
바란다.

특히 건망증을 심하게 돋우는 것은 '아버지'다. 마음의 준
비도 실컷 했고, 아버지 가신지 2년이 지나 이제 그만 눈물
그칠 만도 한데, 아직도 아내와 아들과 아귀찜 먹다가 눈물
샘이 터지기도 한다. 시도 때도 없는 다 큰 어른의 눈물이
당혹스러워서 "망각아, 도와다오" 기도했었다. 이제는 건망
증이란 이름의 잘게 쪼개진 망각이 오히려 더 울게 만든다.
하지만 괜찮다 이젠. 운다고 꼭 슬픈 건 아니다. 그리움이
꼭 슬픈 게 아니니까 말이다.

정작 슬픈 건 더는 애틋함이 없어, 추억의 알맹이는 없고
풍경만 남아서 그리움조차 우습게 되는 것이다. 그래서 실
소는 우습지만 슬프다.

한 때는 지난날을 자주 회상하는 것이 부끄러울 때가 있
었다. 미래보다는 과거에 얽매여 있는 것 같아서 나약해 보
였다. 하지만 이제는 글 쓸 때만큼은 그러지 않으려 한다.
글로 지금 당장 미래를 썼다 해도 쓰자마자 과거가 된다.
글의 본성은 잊혀 가는 것을 붙잡아 두는 것이다. 그 글이
염원하는 미래의 어느 순간과 연결되는 순간, 카타르시스
가 되고, 치유가 된다. 수 없이 써본 러브레터가, 동아리방
에 널브러져 있는 낙서장의 글들이 그랬다. 내 순간을 여러
가지 방식으로 담아낼 수 있게 해주는 글을 사랑할 수밖에

없으니 나는 letter lover이다.

　말로 해봐야 변명이 되니 말하기를 포기한 침묵의 세계에서 나는 살고 있다. 얽힌 실타래 같이 수없이 많은 역할놀이로 지친 일상에서 삐죽 튀어나온 실밥이 오히려 행복의 실마리가 되었다. 실마리는 詩이다.

　아직도 난처하다. 설명하자니 맛이 안 난다 어쩌고 하더니 시보다 더 많은 산문이 토해져 나온다. 그래서 줄인다. 그리고 물어봐 주길 바란다, 시가 왜 그 모양이냐고, 얼마든지.

24시 마음 상점

김하나

김하나 　일상에 스민 감정들을 달빛에 비춰 헤아려 보는 것을 좋아한다.

이야기에 재주는 없지만, 감정만은 잘 담아보려고 한다.

삼삼한 문장들이 오래도록 마음에 담기길 바라며, 한 자 한 자 정성스레 헹궈 담

는다. 하나, 둘, 셋...

인스타그램: @hana_do_3

마음 상점

좌르륵, 페이지를 넘겨주셔서 감사합니다.
환영해요, 마음 상점에 오신 여러분.

요즘 어떠한가요?
바쁘게 빛나는 신호등 속에서 혼자만 길을 잃었다는 생각
이 드나요?
밤하늘 높이 떠 있는 하얀 달과 별을 벗 삼아 눈물을 노래
하나요?
두 눈에 담긴 반짝임들로 행복이 벅차오르나요?
어떠한 마음이든 상관없어요.

그대가 원하는 이야기가 앞으로 펼쳐질 테니
알맞은 마음 글이 나올 때까지
좌르륵, 또 좌르륵… 찬찬히 둘러보세요.

나르시시즘

나를 아껴주는 일은 힘들다
무엇을 하면 기분이 나아질지
무엇 때문에 토라진 것인지
도통 말을 해주질 않으니
스무고개를 하는 것 같다

빨간 물약을 줄까
파란 물약을 줄까
예전 괴담 속 선택지가 생각나
떡볶이, 마라탕, 닭발…
제주도로 떠날 순 없으니,
압구정의 칵테일 집에서 물멍

그래도 이 중에 정답이 있겠지 하며
내 기분을 헤아려주는 것

너를 참 아낀다

틈새 행복

퇴근 후 오후 6시 101번 버스를 타고
광화문 교보문고에서 내려
나와의 스무고개 해설지 10초
대서양을 건너는 조각배 구경 5분
아픈 소년과 그를 지키려는 소녀의 이야기 10분
달에게 건네는 노래 15분
별과 도시의 야경을 담은 종이 30분
꼬부랑 암호 문서 해독 1시간
나의 마음이 가는 구경거리로 채우는 시간 속에서
틈틈이 느끼는 것

슬라임

단단해 보이는 나는
말랑말랑하고 흐물거리는 슬라임

나를 뻣뻣하게 잡아 둔 것은
그들이 멋대로 나를 가둬 둔 것이었다

내게 맞지 않는 틀에서 흘러내리고 싶다

흐르자
흘러내리자

나는 나답게
나로서

살자.

이유를 찾는 여정

마침표를 찍기 위해서 쉼 없이 달리다
늘어질 대로 다 늘어진 문장

무엇을 쓰려고 시작되었는지
무엇을 위해 쓰였는지
이미 오래전에 잊혀
내 글에 내가 없다

나아가기에만 몰두하다
나이기를 잊어버렸다

지금이라도 쉼표를 찍어,
숨을 깊게 내쉬고
다시 나를 찾아본다

주어가 있다면 사라지지 않을 문장이니,
충분히 의미 있고,
끝까지 쓰일 문장이니,
얼마든지 쉼표를 찍어도 된다고 되뇌며

도시 미술관

내가 가장 좋아하는 화가는
겨울날 오후 5시의 하늘님
건물 밖 유리창 액자에 가득한
파란 배경 위에, 핑크색으로 물든 솜구름
강렬한 빨간색, 주황색, 노란색의 빛줄기

처음

첫 발자국을 떼는 것
첫인사를 건네는 것
첫마디를 나누는 것

생각만으로도 벅차고 설레는 동시에
손에 땀이 방울방울 맺히는 것

'처음'은 궁금증으로 똘똘 뭉친 마법 같다

톡-하고 건드리면
속에 감춰둔 설렘, 긴장, 놀라움이 나를 휘감고
금세 사라진다

'처음'은 아쉽다
기분에 취하기 전에 벗어나는 주문
다시 언제든지 걸리게 해달라고 빈다

설렘

설렘은 설레임처럼
금방 녹아 사라지는 싸라기눈이라 생각했는데
겨울 내내 내리는 함박눈이었다
심장에 쿵쿵 충돌하는 우박이었다
확실한 마음이었다

짝사랑

참 이상하지
의식한다는 건 말이야
없던 것도 만들어내
참 신기하단 말이야

아침에 인사를 건넨 게
내 앞자리에서 졸고 있는 너인지
창 밖의 달에 걸린 너인지
꿈속의 주인공인 너인지

원래
양손을 흔들며 인사를 건넸던가
눈웃음을 싱긋 지었던가
목소리가 낮은 옥타브 음이었던가

몰랐던 것인지
허상인지
그 경계인지
모르겠다

편지

내 마음속에 너를 몇 번이고,
꾸-욱 눌러 담아,
적당한 모양 틀로 잘라내고

며칠이고 걸러낸 깨끗하고 맑은 생각에
너를 닮은 색을 한 방울
투-욱 떨어트려
곱게 색을 입히고

다듬고, 또 다듬어서
가장 예쁜 내 마음 조각을
정성스레 닦은 그릇에 담아
너에게 건네는 것.

필사

너를 필사하고 싶다
내 연락이 왔을 때 짓는 표정 한 문단
나를 만나러 오는 발걸음 한 문단
내가 나타나는 꿈 한 문단

내가 알지 못하는 너의 모든 것을
한 장의 글로 빼곡히 새겨서
언제고 다시 꺼내어 보고 싶다

네 생각

사랑이란 무엇일까
어떻게 오는 것일까

사람이 오는지 사랑이 오는지…

난 모르겠다

사람이 가면 사랑은 남나?
사랑이 가면 사람은 가던데…

말장난 같은 이런 생각은
결국 너를 부른다

너는 나의 사람이다
나는 너를 사랑한다

내 머리가 온통 너로 뒤엉켜
오늘도 처음부터 다시 시작되는 생각

검은 눈동자

주황색 호피무늬 안경
옅은 분홍색 입술
초록색 글귀가 새겨진 하얀 셔츠
갈색 카디건
짙은 남색 청바지
흰 데이지가 그려진 검은색 운동화

내 눈동자가 유달리 새까만 것은
온갖 색으로 덮인 너를 담고 있기에

굿나잇

젤리처럼 폭신폭신하고 오색찬란한 꿈을
베틀로 곱게 짜며 베갯잇을 만들고
자장가 콧노래 부르면서
베개 솜 하나에 좋은 꿈 넣고
베개 솜 둘에 그대 생각을 넣어봅니다
부디 좋은 밤 보내길

여름밤의 행복

하루 종일 지친 몸을 풀어주는 스트레칭
따뜻한 물에, 갖은 베리 향의 바디 스크럽
한껏 부드러워진 몸에 라벤더 향의 바디로션
아, 잔잔한 슬로우 팝 음악도 까먹지 말아야지
미리 켜 둔 선풍기 바람과
타닥타닥 소리 내는 나무 심지 캔들

눈 감고 편히 쉬는 시간

시작 노트 ─※

  시를 쓰기 시작한 것은 초등학생 때면서, 언젠가 책을 내겠다는 다짐은 10여 년이 지나고서야 이루네요.

  제 글은 지난 몇 년 동안 쓴 일기장에서 얻어낸 감정들로 쓰였습니다. 저는 이유 없이 제가 싫어지기도 하고, 그래도 저만큼 저를 아끼는 사람이 없다고 생각하기도 합니다. 가끔은 눈물을 주룩 흘리다가도 무심코 올려다본 하늘에 위로를 얻습니다. 금세 누군가를 마음에 담기도 하고, 사람을 전부 밀어내기도 합니다. 변덕스러운 제 마음을 살피며 얻어낸 감정들은 모두 맛이 강하지만, 최대한 헹궈 알맞은 단어에 차곡차곡 담아 보았습니다. 제가 삼삼하게 담아 건넨 글들이 오래도록 마음에 함께하길 바랍니다.

  #마음 상점
  제가 담은 감정들은 누구나 한 번쯤은 느꼈을 감정이라고 생각합니다.모두가 알맞은 감정에 위로를 얻고 공감할 수 있길 바랍니다.

  #나르시시즘은 아무 이유 없이 눈물이 주룩 흐른 날이 있어 쓰기 시작된 글입니다. 사회생활을 하다 보면 타인의

눈치를 보기에 바쁜데, 정작 중요한 저는 잊혔다는 생각이 들었습니다. 바쁘게 살아가더라도, 잘 자기, 밥 잘 챙겨 먹기, 교보문고 산책하기 하면서 저를 아껴주고자 합니다.

이어서 #행복은, 제가 생각하는 소확행(소소하지만 확실한 행복)은 제가 좋아하는 것을 하루에 담는 것이기에 제가 교보문고를 산책하며 머물었던 "자기계발, 여행, 소설, 시, 예술, 외국어" 분야를 나타내 보았습니다.

#슬라임은 제가 누군가 바라는 모습이 아닌 그저 본모습대로 살아가길 바라며 써보았습니다.

#이유를 찾는 여정은 삶에 목적을 잃었다고 느꼈던 때에 써둔 글입니다. '목적이 없으면 알맹이가 없는 것이니, 그럼 아무런 의미가 없어 쓸모가 없어지는 것인가?'라는 생각에 "내가 살아가는 삶이니, 주체가 있다면 사라지지 않을 삶이니 괜찮다."라는 말을 하고 싶었습니다. 저는 목표가 없더라도 저답다면 괜찮은 삶인 것 같습니다. 방향을 몰라 방황하더라도, 어디든 나아갔다가 뒤로 돌아와도 되고, 힘들면 조금 멈추어 쉬어도 되니 어디를 향하고 있든 괜찮다는 말을 전하고 싶습니다.

#도시 미술관은 우연히 유리로 된 건물에 노을빛으로 물든 구름과 달이 반사된 것을 보고 쓴 글입니다. 제가 자연 풍경에 많은 힘을 얻듯, 이 글로 살포시 전한 아름다움이

또 다른 위로를 건네어 주길 바랍니다.

　이후의 글들은 각자 머리에 떠올린 사람 혹은 사랑에 대한 글로 기억해주시면 감사하겠습니다.
　다만 #편지에서처럼 마음을 다듬고 또 다듬은 글이기에 그만큼 마음이 작아져 보일까 조마조마하지만, 정성을 더한 마음임을 알아주시면 좋겠습니다.

　#굿나잇과 #여름밤의 행복은 개인적으로 상점에 오신 모든 분들이 오래 머무르길 바라는 글입니다. 모두 편안한 밤 되시기를 눈을 크게 뜨고 있는 저 달에게 제가 기도하겠습니다.

　마음 상점에 방문해주셔서 감사합니다. 24시간 열려있으니, 언제나 또 찾아와 주세요.

우주에 누워
지구를 바라본다면

장이경

장이경　푸른 새벽 바다를 보면 모든 게 평화롭고 고요해지는 기분이 듭니다. 대자연 속에 있으면 일상의 크고 작은 고민들이 너무나 작게 느껴지는 것처럼요. 비록 작은 글자이지만 넓은 풍경을 보는 것처럼 편안히 마음을 들여다 볼 수 있는 시를 쓰고 싶습니다.

인스타그램: @bubbletrxuble

첫눈

공허한 숲길에
첫눈이 내린다

눈처럼 희고
흰 마음
길고 어둔 밤을 지나

네가 불러주는 이름으로
나는 다시 태어난다

인생

　나는 우주 속 별똥별입니다. 광활한 어둠은 나를 삼킬 듯이 무섭지만 궤도에 번진 오묘한 빛들이 유난히 아름다워 어느새 따뜻하기도 합니다. 모든 것은 스쳐 지나가고 나는 계속 헤맵니다. 어디로 향하는지 알아가는 시간은 제법 깁니다.

　어쩌면 도착할 때까지 모를 수도 있겠습니다.

오후의 햇살은 방 안으로 쏟아지고

무심코 흘려보낸 날들에 시선을 둔 채
반추하고 반추하고 반추한다

생각지도 못한 것에 마음이 기우는 때
모든 것은 생각하는 대로

운명 뒤엔 영원이 오고
기억 뒤엔 진심이 오는 법이지

길어지는 해 그림자
웅크린 마음 뒤로 하고
거울에 비친 나를 본다

모든 것은 생각하는 대로
바람은 적당하게 분다

바람

뭐든 흔들 수 있는 바람을 보내어
그대를 삼킨 슬픔 걱정
작은 한숨까지 송두리째 가져갈테니

그대 설핏 스쳐 지난 자유 포옹
숨은 기쁨 희망 마음껏 꺼내어
환한 웃음으로 불어주시오

편안한 잠

사랑은 깨닫지 못하는 사이에 찾아와서
못다 아물은 상처에 연고를 발라주고
세상에서 가장 편안한 잠을 재워준다

유리병 편지

창문 틈 사이 햇살은
엄마의 손짓인가
파도가 이는 잡음은
친구의 부름인가

종일 구겼다 폈다
펜을 들었다 놨다
혀끝에 배어버린 말
밤새 써내려 본다

시간은 무심하게 흘러
빈 배처럼 텅 빈 마음
밀려오는 바다 너울에
멀리 멀리
오래 오래 맡긴다

새벽 구름

눈 감으면 사라질까
잠 못 들고 가만히 들여다

내가 너가 될 순 없을까
가벼워지고 싶어
조금 더 자유로워지고

여전히 반짝이는
새벽 푸른 빛처럼 남아
가자
스러지는 조각 구름 위로

시간아 조금만 천천히
네게 조금만 가까이

모든 물결은 수평선을 향해 줄달음치고

길었던 비가 그치고
이른 태양은 꿈틀거리며 하늘을 오른다

모든 물결은 수평선을 향해 줄달음치고
옅은 빛은 물고기 비늘의 여기저기를 비춘다

다시 흩어진 모래알들은 유연하게 반짝이고
오므린 잎들은 기다려 왔던 맑은 숨을 쉰다

흐린 세월 너머 깊고 푸르게
기나긴 비가 그치고

우주에 누워 지구를 바라본다면

불행은 불행을 먹고 자라고
사랑은 사랑을 먹고 자라고
구름은 구름을 먹고 자라고

저마다의 강물은 알아서 흘러 돌아오고
혼돈과 평화는 섞이고 모여
미움이라는 감정은 무의미해지고
너는 내가 되고 나는 네가 되고

한 번 넓어진 세계는
결코 다시 작아지지 않지

그럼에도 사랑하고

한참을 아파본 우리
다시 아파질 때면
낮게 낮게
우리만 아는 곳으로 가
몇 번이고 다시 피어난다

다 지나간다
다 잊혀진다
환멸과 해탈 그 사이
우린 이미 정답을 알고 있다

그래서 사랑을 하고
그럼에도 웃는다

남기는 것 또한 아름다운 건

우리가 멀리 있을지라도
또 다시 헤매일지라도
눈을 감아도 반짝이는 그 순간만은
여기에 남겨요

잠결에 주고받은 대화와
함께 듣던 노래처럼
울고 웃다 밝아오던 아침처럼
아른거리는 장면과
어쩔 수 없는 감정들

결국 사라지지만 아름다운 것들
남겨진 것들 그대로 사랑하기로 해요

시작 노트 ─✳

우주에 누워 지구를 바라본다면 우리를 구분 짓는 것들은
대부분 사라지고 하나가 되지 않을까 스쳐 지나가는 생각
이었다. 어김없이 세상은 우리를 괴롭히지만 함께 같은 숨
을 쉬면서 서로를 위로하고 감싸 안아보면 좋겠다.

#인생
인생은 우주, 별똥별은 사람

#오후의 햇살은 방 안으로 쏟아지고
무언가 결심한 사람들에게 주는 용기

#바람
바람이 가장 큰 위안이 되던 날 (2019)

#유리병 편지
떠난 이들을 향한 기다림은 그리움이 되고 그리움은
우리 마음 속 동네를, 친구를, 가족을 만나게 해준다.

낙서

한상우

한상우 일상에서 느끼는 것들을 매일 적는 중입니다.

인스타그램: @knock.sang

1 부분

강 너머에
자리하고 있는
넓은 도시의 풍경을 보면
풍경 어느 한 부분도
쓸모없지 않고
불규칙적이면서도
조화롭게 각각 숨쉰다.

나도 어떠한 풍경 안에서
숨 쉬고 있는 한 부분이겠지

태어나 숨 쉬는 건
정말 아름다운 일이다

2 나비

멋모르고
따라다녔던 나비가
여느 벌레와
다를 게 없다고
느끼는 순간

내 옆에서
열렬히 나비를 따라가는
너의 눈동자가
잠시 나를
어린 아이로 되돌려 놓았다.

3 안전벨트

기분은
오르락 내리락
일상은
엎치락 뒤치락

롤러코스터 같은
내 하루의 나열을
잡아주는
너는 내 안전벨트

4 포옹

엉망진창으로
마무리된 하루도
단번에
정리해 주는
성능 좋은 청소기

포옹

5 애정

포장하지 않은 모습도
선물이라 여겨주는 마음

6 맞이하다

열심히 쌓아간
노력들이
허무하게 사라져도
네가 다시 나아갈 수 있을 거란 걸 알아
어렸을 때의 너는
겨울에 차곡차곡 쌓인 눈들이
허무하게 녹아 사라져도
꿋꿋하게
봄,여름,가을을 이겨내고
하얀 겨울을 맞이했거든.

.

7 어리석음

우리는
어쩌면 어리석다
1년마다 알아서 돌아오는 봄에게는
이리 친절하면서
영영 떠날지도 모르는 것들에게
소홀했으니

8 내딛는 한 걸음의 크기

가만히 서있을 때
유독 잘 보이는
거대한 구름의 움직임은
한 걸음 한 걸음 걷다보면
잘 보이지 않는다

9 철

너는
대장장이 앞에 놓인
울퉁불퉁한 철

한껏 달궈졌다가
식기도 하고
흠씬 두들겨 맞을 때도 있겠지만
그 끝은
처음보다 더 단단하고 예쁜 모양

너는
대장장이 앞에 놓인
울퉁불퉁한 철

10 웃음

나에게 건네준
네 웃음 몇방울은
어떤 물감보다 진해서
내 하루를
칠하고도 남는구나

시작 노트 —✳

1 부분
자주 가는 강이 보이는 카페는
넓은 풍경을 볼 수 있는 자리들이 많았다.
멍하니 강 너머를 보는데 건너 편의 모든 것들이 조화롭게
느껴졌다.
'반대편에서 내 쪽 풍경을 바라볼 때도 이런 기분이겠지'
생각하다
내가 이런 풍경의 한 부분에 속하여 숨쉬고 있다는 것에 감
사함을 느꼈다.

2 나비
주말 아침에
집 앞에서 분리수거를 하다가 나비가 튀어나와서
깜짝 놀란 적이 있다.
아주 어릴 때 예쁘다고 쫓아다닌 나비가
생각보다 많이 징그럽게 생겼다고 생각하면서 집에 돌아가
려는데
뒤에 있던 어린 아이가 똘망똘망한 눈으로 나비를 쫓아가
는 걸 보고
집에 돌아와 이 시를 썼던 기억이 난다.

3 안전벨트

어지러운 하루하루 속에서
나를 잡아주는 안전벨트 같은 것이 있어 감사하다고 생각
했다.
연인, 가족, 친구 등등.

4 포옹

힘든 날을 보냈더라도
사랑하는 사람과 포옹하면
무언가 말끔히 씻기는 기분이 들었던 것 같다.

5 애정
내가 생각하는 '애정'이라는 단어 뜻

6 맞이하다
노력해서 당장 얻은 것이 없더라도
계속 나아가다보면 무언가 쟁취할 수 있을 거라고
말해주고 싶었다.

7 어리석음

익숙한 것들에 소홀하지 않기 위해.

8 내딛는 한 걸음의 크기
우리가 무언가를 향해 내딛는 한 걸음 한걸음의 의미가
구름의 움직임도 느끼지 못할 만큼 크다고 말해주고 싶었
다.

9 철
더 나아지기 위해 고통 받는 것이 가진 아름다움.

10 웃음
웃음이 가진 진한 파급력.

달이 눈을 감고 해가 눈을 뜰 때까지

발행 2023년 3월 1일
지은이 최재호, 김하나, 장이경, 한상우
라이팅리더 여한솔
펴낸이 정원우
펴낸곳 글ego
출판등록 2019.06.21 (제2019-000227호)
주소 서울특별시 강남구 테헤란로216, 12층 A40호
이메일 writing4ego@gmail.com
홈페이지 http://egowriting.com
인스타그램 @egowriting

ISBN 979-11-6666-285-0